CARLSEN MANGA PRÄSENTIERT

ALPHA²

Art: Kamineo Story: Kamoi

ALPHA²

CARLSEN MANGA

ORIGINALAUSGABE

Redaktion: Britta Hellwig
Lettering: Michael Möller und Vibrraant Publishiing Studio
Herstellung: Derya Yildirim
Umschlagsgestaltung: Peter Mrozek

ISBN 978-3-551-78158-1

Prolog

Jeder Wolf wird mit einem perfekten Gegenstück in diese Welt hineingeboren.
Ein Leben lang befinden sie sich auf der Suche nach ihrem vom Schicksal vorherbestimmten Partner.
Stets in dem Bewusstsein, dass es nur einen geben kann.
Nur ein...
... einziges...
... Mal...

Ich war noch nie ein ausgesprochener Glückspilz. Von Natur aus nicht.
Als Alphatier geboren, tendiere ich ständig dazu, überall anzuecken.
Aber eigentlich hatte ich gehofft, dass ich nach meinem Umzug in die hinterletzte Provinz ein bisschen mehr Ruhe davor hätte.
Nun ja...

Ein klassischer
Fall von... falsch
gedacht!

Nicht, dass ich irgendwie konfliktscheu wäre...
Aber gleich ein ganzes Rudel als Gegner in der ersten Nacht in der neuen Heimat? Keine gute Idee.

Idioten... Das wird sicher nicht unser letztes Zusammentreffen gewesen sein.
Was ist das für ein Geruch?
Es riecht...
SNIF
... wie frisch gefallener Schnee in einer Vollmondnacht.
Und gleichzeitig so herb wie der aufgeheizte Waldboden im Hochsommer.
Ich kann mich nicht daran erinnern, jemals so etwas gerochen zu haben.

Ach verdammt! Habt ihr denn sonst keine Hobbys?
KNURRR
ROARRR
KNURR
Super. Das kann noch die ganze Nacht dauern...

Dieser merkwürdige Geruch wird auch immer stärker...
Wer ist das?

DOSCH
!!
Ach verdammt...

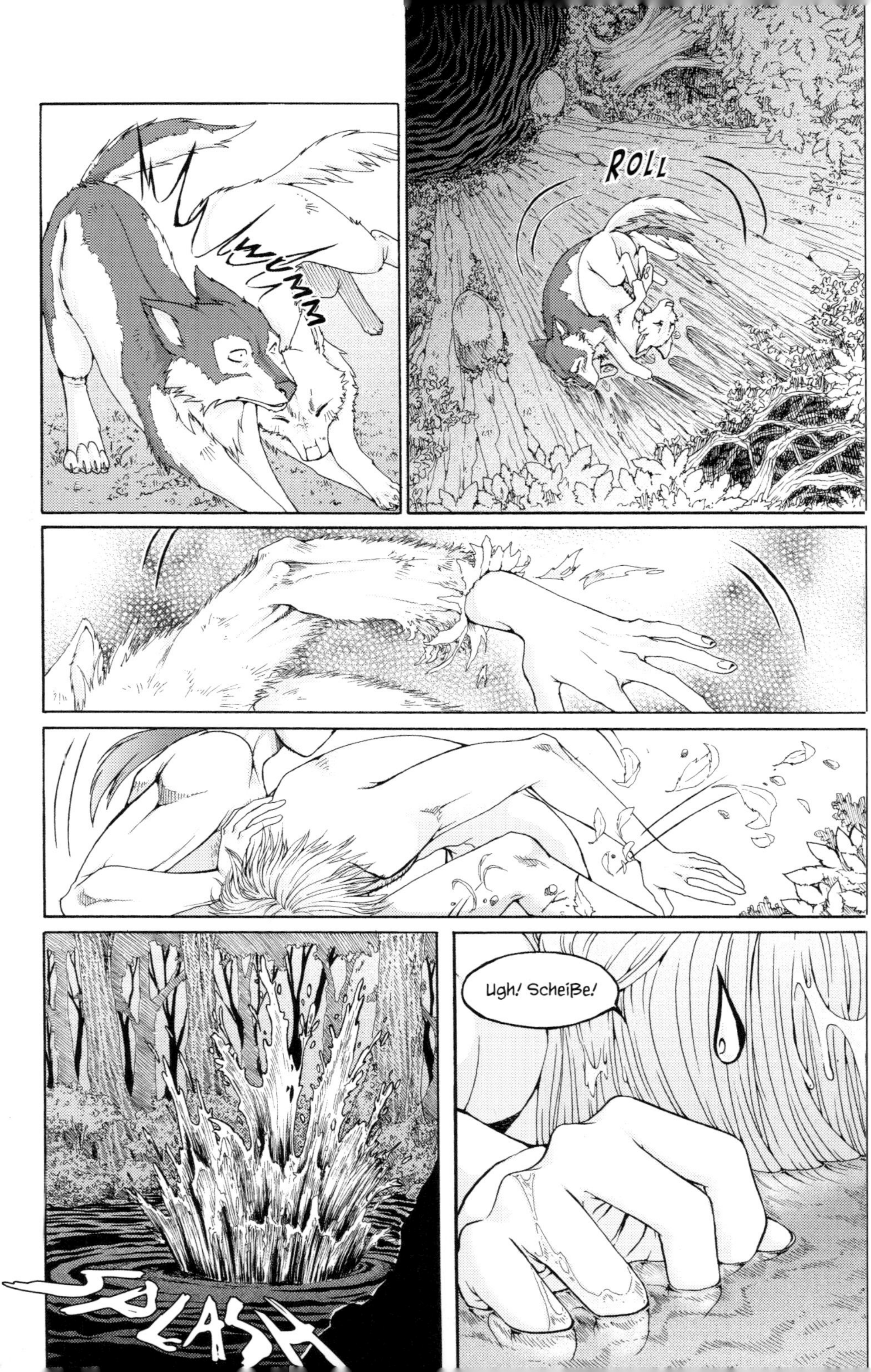
WUMM
ROLL
SPLASH
Ugh! Scheiße!

Na klasse...
KNURR
!!
Warum ergreifen die auf einmal die Flucht?
Wieder dieser Geruch...

Scheiße.

Das ist der mit Abstand peinlichste Moment meines ganzen Lebens.

Kapitel 1

BIBI BIPP
BIBI BIPP
CRASH
Verdammte Scheiße!!
Gott.
?

KNURR
Geliehenes Hemd
Geliehene Shorts
EISIGES SCHWEIGEN

Kehrblech und Handfeger sind unter der Spüle.
WTF?!
Uh-hun.
Abgesehen davon finde ich es wirklich nett, dass du uns Frühstück machst.
Für dich ist das garantiert nicht!
Auch wenn du mich hier hast pennen lassen.

Sieh zu, dass du den Dreck hier wegmachst. Ich geh duschen.
Arschloch!
Gott, dieser Clive macht mich wahnsinnig. Und das nicht auf die gute Art!

Okay. Nicht **nur** auf die gute Art...
Diese blauen Augen und sein Geruch...
Seine Präsenz unten in der Küche ist wie eine Aura, als wäre er direkt mit mir in der Dusche...
Aber definitiv ein Alpha. Das rieche ich selbst jetzt noch durch die geschlossene Tür hindurch.

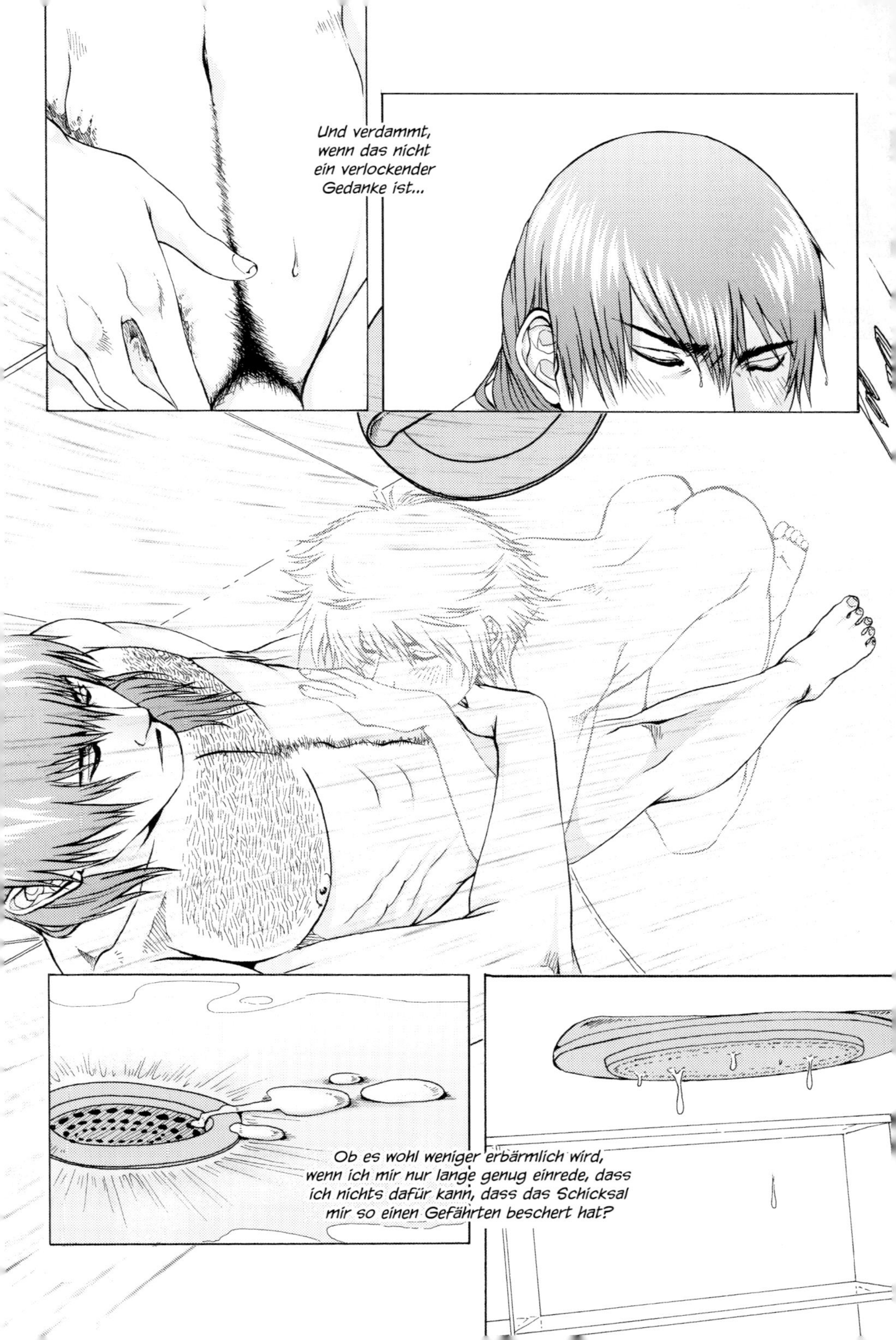
Und verdammt, wenn das nicht ein verlockender Gedanke ist...
Ob es wohl weniger erbärmlich wird, wenn ich mir nur lange genug einrede, dass ich nichts dafür kann, dass das Schicksal mir so einen Gefährten beschert hat?

Keine Sorge, Quinn. Ich habe hier unten nichts Giftiges finden können, was ich dir hätte ins Essen mischen können.

Was ein Jammer, nicht wahr?
Hm. Der ist gut. Offenbar kann er wenigstens Kaffee kochen.
WUMM
Du warst nicht mit einem Rudel unterwegs.
Da scheinen wir wohl etwas gemeinsam zu haben.

Wieso sind die nicht runtergekommen? Sie waren in der Überzahl, aber als sie dich gesehen haben, haben sie sich verzogen.
Andrew Hale hat in einer kleinen Auseinandersetzung mit mir ganz schnel gelernt, dass er und sein Pack an Schoßhündchen besser einen Bogen um mich machen sollten.
Andrew Hale... Der Alpha?
Eben selbiger.
Ah. Und warum hast du das Rudel nicht übernommen?
Mein Interesse an einem Rudel hält sich eben stark in Grenzen.

Bist du ein Einzelgänger? Ich dachte, Einzelgänger leben nicht lange, weil sie früher oder später verkümmern oder verwildern.
Sagt der Wolf, der selber ganz allein durch fremde Wälder streift.
Hm. Stimmt.
Hast du irgendein Problem? Oder warum starrst du mich so an?!

SCHWUPP
Wenn du duschen möchtest, das Bad ist oben, die Tür geradeaus.
Das wird niemals gutgehen...

* Elvis Presley: Always on my mind (geschrieben von J. Christopher, M. James und W. Thompson)

Gott, wieso habe ich ihm nur angeboten, ihn zu fahren?
Ach ja... Deswegen...
Wo wohnst du eigentlich?
Downtown.
Ugh, sag doch gleich: >Hinterm Mond, zweite Straße links.<

Da ist mein Rucksack!

Ich würde zu gerne mal meine Zähne in diesen hübschen Nacken sinken lassen...
Scheiß Instinkte. Scheiß Hormone. Alles woran ich denken kann, ist in einer Seitenstraße zu parken und unheimlich unanständige Dinge mit Clive zu tun.
Wer hat sich das nur ausgedacht, dass wir so fixiert auf unsere auserwählten Gefährten sind?!
POST
Hoffentlich bleibt noch genügend Blut in meinem Hirn, damit wir nicht noch einen Unfall haben.
Gleich da vorne ist es, fahr hier ran.

Huh. Wie
passend.
?

Ach verdammt.
GRAB
SCRIBBLE
WUMM
WUMM

...
0384-7702976
Clive
Na, wenn das mal kein offensichtliches Angebot war.
SNIF

Kapitel 2

Vier Tage später...
Ich brauche dringend einen Job...
SPLISH

Was?!

Ha, jetzt halluziniere ich auch schon tagsüber.
Als wären die Träume nicht schon beunruhigend genug.
Scheiße verdammt!
Das kann doch nicht normal sein!
Wären Werwölfe dazu in der Lage, krank zu werden, könnte ich wenigstens behaupten, ich hätte Fieber oder so was.
Und du bist mir auch keine große Hilfe, du Verräter!

Hollow
DING DING
Hey Charlie!
Hey Clive, was verschlägt dich um diese Zeit schon hierher?
Eigentlich bin ich hier, um zu fragen, ob du vielleicht einen Job für mich hättest?
Na ja, wenn heute Abend das Spiel übertragen wird, könnte ich schon ein bisschen Hilfe gebrauchen.

...
...
Sieh mal einer an!
Wenn das nicht Kassians kleiner Schoßhund ist.
Dieser Geruch... Den kenn ich doch!
Hale, ich brauche ihn heute noch, lass ihn in Ruhe!

LINS
Nana! Ein braver Welpe sollte aber nicht so schnell vergessen, wer sein Alpha-Daddy ist.
Ups, hab ich das etwa laut ausgesprochen?
Behalte deine dreckigen Pfoten bei dir, bevor ich dich heulend zu Daddy schicke!!
Okay, Schluss jetzt, Hale! Wenn du Ärger machen willst, kannst du gleich wieder gehen!
Wir sind noch nicht fertig miteinander, Freundchen! Hau ab... Oder du wirst es bereuen!
Bell ruhig so viel du willst, das interessiert mich 'nen Scheiß!

WUMM
PFFRRRS
Hale ist eigentlich ein guter Kerl. Aber irgendwie haben er und seine ganze Verwandtschaft nicht mehr alle Latten am Zaun.
Es schien, als würdet ihr euch kennen?
So in der Art. Unsere erste Begegnung stand unter keinem guten Stern, schätze ich.
Verstehe. Was meinte er eigentlich damit, von wegen du wärst Quinn Kassians Schoßhund?
PRUS

Du kennst Quinn?
Klar, jeder kennt Quinn Kassian. Er ist der Kurator des Naturkunde-museums.
War wohl mal ein ziemlich hohes Tier in der Navy, bevor er vor ein paar Jahren hier auftauchte.
Irgendwann hat's da mal richtig geknallt, seither geht Hale ihm großzügig aus dem Weg, wenn sie sich mal zufällig in der gleichen Bar be-gegnen.
Hale und er konnten sich auch nie leiden.
Geht Quinn oft aus?
WHUIII
?
WHUIII

Also, es geht mich ja nichts an und so, und ich hab auch echt kein Problem damit, dass du ein bisschen anders tickst, aber ich möchte nur mal klarstellen, dass ich eine wunderbare Frau und zwei hübsche Prinzessinnen habe, also...
Charlie, du bist ein Idiot!
Aber auf Quinn stehst du?
Quinn wohnt übrigens oberhalb der Stadt, am Wald! Kings Street... oder so!
Bis heute Abend, Charlie!
Was hab ich denn gesagt?!
Ja, ja. Das weiß ich auch.

Ist wohl nicht da.
Was mache ich überhaupt hier? Das ist doch bescheuert.

Und bedanken werd ich mich bei ihm bestimmt nicht.
Wofür auch? Dafür, dass ich nachts von ihm träume?
Als ob!
Außerdem hat der Kerl meine Nummer, das war ja wohl Dank genug!
Q. Kass

Der Typ muss echt Kohle haben, wenn der sich so ein Haus leisten kann.
Da kann ich wirklich nicht mithalten.

Räusper
Äh, ich bin kein Einbrecher, ganz ehrlich!!
Diese Jugend heutzutage.

Plapper
Lärm
Kicher

Clive! Kannst du mir mal helfen?
STAFF
Alleine kann ich die nicht tragen.
Was du nicht sagst.
Hey, wir gehen am Wochenende angeln. Hast du vielleicht Lust mitzukommen ?

Ehm...
Ich habe bereits andere Pläne für das Wochenende gemacht.
Oh, okay. Vielleicht ein anderes Mal?
SEUFZ
Hör zu, Jacky, ich mach das hier noch fertig. Geh du mal zurück nach vorne.
Ja, vielleicht.
Okay, vielen Dank noch mal!

Irgendwas stimmt mit mir ganz gewaltig nicht, wenn ich ihn sogar einer hübschen Frau vorziehe...
Was ist nur mit mir los? Jacky ist eigentlich genau mein Typ. Hübsch und lebhaft...
... aber irgendwie...
Ich sollte wohl besser wieder an die Arbeit.
Hey.

Du?
Was machst du hier?
Du scheinst mir nicht der Typ zu sein, der ins Hollow geht.
Normalerweise tu ich das auch nicht.

Aber ich hatte heute Besuch und da dachte ich, es wäre unhöflich, würde ich mich nicht erkundigen, was der Besuch wollte.
Natürlich.
War ja klar, dass er meinen Geruch in seinem Revier sofort erkennt.
Wie lange willst du noch davor davonlaufen?
Ich weiß nicht, wovon du redest!
Du weißt genau, was ich meine, Clive.

RUB
WUMM

hah
Clive,
ich...

Verdammt...

Kapitel 3

PRASSEL
PLADDER

STOPP
PRASSEL
Was für ein Scheißwetter!
PLADDER

KLONG
TROPF

Seh ich so aus, als würde ich hier eine Gratis-Stripshow veranstalten?
WUMM
Schade eigentlich.

Dosenfutter
Katzenzungen
Wie kann ein einzelner Mensch nur so unordentlich sein?

SNIF
Du bist ja immer noch da.
Na ja. Ich habe da mehrere gute Gründe.
Also? Was verschlägt dich so plötzlich nach drei Wochen hierher?

Aber eigentlich bin ich hier, um dich daran zu erinnern, dass die Vollmondnacht kurz bevorsteht.
Wenn du vorhast, zu bleiben, wirst du dir ein Revier suchen müssen.
Revier?! Der Wald ist groß genug für mehrere Rudel. Ein Wolf mehr oder weniger stört da auch nicht.
Hale sieht das sicherlich anders. Du hast ja gemerkt, wie sorgfältig er auf die Eindringlinge achtet.
Und was ist mit dir? Du warst praktisch direkt in der Nähe. Klingt nicht so, als hättest du dir Gedanken um ein eigenes Revier gemacht.
Wenn man es so will, teilen wir uns das Revier. Mir ist es, um ehrlich zu sein, egal, ob sie mir die Beute vor der Schnauze wegschnappen, solange sie mich in Ruhe lassen. Bei der Jagd begegnen wir uns nur äußerst selten und du hast ja gesehen, wie solche Begegnungen ausgehen.
Ich geh mich mal eben anziehen.
Also wegen mir musst du das nicht...

KNURR
Tatsache ist jedenfalls, dass du in einem besetzten Revier jagst. Für mich ist das kein Problem, aber Hale wird dich h er nicht dulden.
Was soll das heißen? Seh ich so aus, als würde ich mich nicht wehren können? Wenn du dich gegen ihn behaupten kannst, kann ich das ja wohl schon lange!
Als Hale und ich aneinandergeraten sind, hatte er gerade mal zwei andere Wölfe bei sich und einer davon war sein Omega.
Heute hat er ein großes, gut funktionierendes Rudel um sich, und sein Beta ist nicht zu unterschätzen.
Und was schlägst du vor?
Soll ich mich von dir beschützen lassen wie ein Mädchen?! Vergiss es!
KLAPPER
BUMM
KLAPPER

Eigentlich wollte ich dir vorschlagen, dir die Reviergrenzen zu zeigen.
Weiter oben im Norden gibt es noch zwei weitere Rudel. Es wäre nicht gut, wenn du dort auch noch auffallen würdest.
Alleine, wie? Nun, hier bist du jedenfalls nicht alleine. Und gegen das ganze Rudel hast du keine Chance!
Ich brauche keinen Aufpasser, der mir zeigt, wo's lang geht. Bisher kam ich wunderbar alleine klar und ich denke, dass das auch in Zukunft so sein wird.

Und wenn schon! Dann ziehe ich eben um!
Verdammt. Allein der Gedanke...
... ist so unerträglich, dass es mir die Kehle zuschnürt.
Woher kommst du eigentlich?
Ursprünglich? Quebec.
Was?! Wie bist du dann hierhergekommen? Das sind über 4.500 km!
Ich hatte ja auch fünf Jahre Zeit dafür.

Yukon
Nunavut
British Columbia
Saskatchewan
Manitoba
Ontario
Québec
Prince Edward Island
Scotia
STATES OF AMERICA
Zu Fuß?!
Überwiegend zu Pfoten.
Und du warst die ganzen fünf Jahre alleine?!
Was ist mit deiner Familie?
Yep. Mein Vater ist der Alpha meines Heimatrudels. Da war es nur eine Frage der Zeit, bis ich gehe.
Aber einmal quer durchs ganze Land...?
Passiert.
...
Was?

Ist das der Punkt, an dem ich anfangen muss, zu heulen?
Für den Fall, dass du es schon wieder vergessen hast: Ich bin *kein* Mädchen!
Ist mir aufgefallen.
Um aber noch mal auf den Grund meines Besuches zurückzukommen...
Möchtest du mich übermorgen auf die Jagd begleiten?

Ich kann alleine jagen!
Ja, ja.
Ach, und Clive?
Vielleicht solltest du die Küchenrolle über dem Herd besser weghängen.
Sonst fackelt dir noch irgendwann die Wohnung ab.
Na warte, du dämlicher...

Dann bis übermorgen, Clive!

KLING KLING
ZACK
Arrogantes Arschloch!!

Kapitel 4

Ich wusste doch, dass du kommen würdest.
Halt einfach die Klappe.

Lass deine Klamotten einfach hier, das ist sicherer als irgendwo mitten im Wald.
Ja klar. Kein Pro...
Uh...
Du meinst jetzt sofort?
Sicher. Nächste Woche wäre ja wohl etwas ungünstig für die Jagd.
Ist ja auch schon spät genug.
Ja, ja...

Ich weiß, dass du das mit Absicht machst, Blödmann!
Na komm schon, Clive. Dann zeig mir doch mal, was für ein Wolf du wirklich bist.
SNIF
Ich zeig dir gleich noch was ganz Anderes, Arschloch!
Das geht bestimmt nicht gut aus...

HEPP
HRRR
ROARRR

Ich wusste doch,
dass das schief
gehen würde.
Oh oh...
KNURR
ZACK
WUMM

TRAPP
TRAPP
SNIF

Trotzdem. Ich bin kein naiver Welpe!
Die Reviergrenze...
Und ich lasse mich auch nicht wie einer behandeln!

WUMM

GRAB

PUSH
Geh von mir runter, verdammt noch mal! Was fällt dir eigentlich ein?!

Sei still, bevor ich dir deinen hübschen Mund stopfe...
Wa...?!
Ich habe genug von diesen Spielchen, Clive. Und sag mir nicht, dass du das hier nicht willst, ich kann deine Erregung riechen.
Wieso lehnst du dich nicht einfach zurück, entspannst dich und überlässt mir die Führung?
Ich glaub, es hackt! Ich zeige dir gleich mal, was ich dir...!

Ah!
hah

AHHH
PUSH
Wir sind hier mitten im tiefsten Wald, wer soll dich hier schon schreien hören?

SCHLECK

SPAT

Uh.
Quinn...
SLIP

Ah!

Uh!
Ah!
Ah!
Ah!

Ah!
RUB

SCHLECK
Wir sind hier mitten im tiefsten Wald. Wer soll dich hier schon schreien hören?
AHH!!

Kapitel 5

TSCHIERP
TSCHIERP
. . . . .

Irgendwie habe ich das Gefühl, dass wir darüber in nächster Zeit **kein** Wort verlieren werden.
Was ist da nur passiert? War ich betrunken und hab's nicht mitgekriegt? Und überhaupt, wieso musste ich eigentlich unten liegen?!
RÄUSPER
Soll ich dich nachher fahren?

Nein, ich kann problemlos alleine laufen!
Aber natürlich. Setz dich, ich mach uns Frühstück.
FWUPP

Der Typ hat doch bestimmt eine Putze.
Es ist so sauber hier.

Dämlicher, überperfekter Vollidiot...
Charlie hat erzählt, dass du bei der Navy warst.
Uhm. Ja, ich war dreizehn Jahre bei den Navy Seals.
Skandal! Er ist eigentlich Amerikaner und nicht Kanadier.
Okay...
... und er ist ein Idiot.

Bei einem Einsatz im Ausland ging etwas schief.
Ich wurde verletzt und aus dem Dienst entlassen.
RUB
Wie schlimm muss eine Verletzung sein, um selbst bei einem Werwolf so eine Narbe zu hinterlassen?
Und wie wird man dann Kurator in einem Naturkundemuseum?
Ach, ich wollte halt einfach mal etwas Anderes machen.
GRINS
Ernsthaft jetzt?!
Ahja...

SHHH
Ich will kein Wort hören!!

WROOOOM
KLICK
... das war die Wetter-vorhersage. Nun eine kurze Unterbrechung für eine wichtige Eilmeldung.

In Downtown brach in den frühen Morgenstunden ein Großbrand in einem Wohngebiet aus. Die Einsatzkräfte sind bereits vor Ort...
Die Küchenrolle über deinem Herd hast du aber weggemacht, oder?

RATSCH
Hey, nicht den Fahrer schlagen!

DRÄNG
TUSCHEL
W 4
VANCOUVER
Das ist meine Wohnung!!
Oh nein!

QUIETSCH
KLAPP
Clive!
Warte!
DRÄNGEL
Clive!

FLAMM

LODER

Kapitel 6

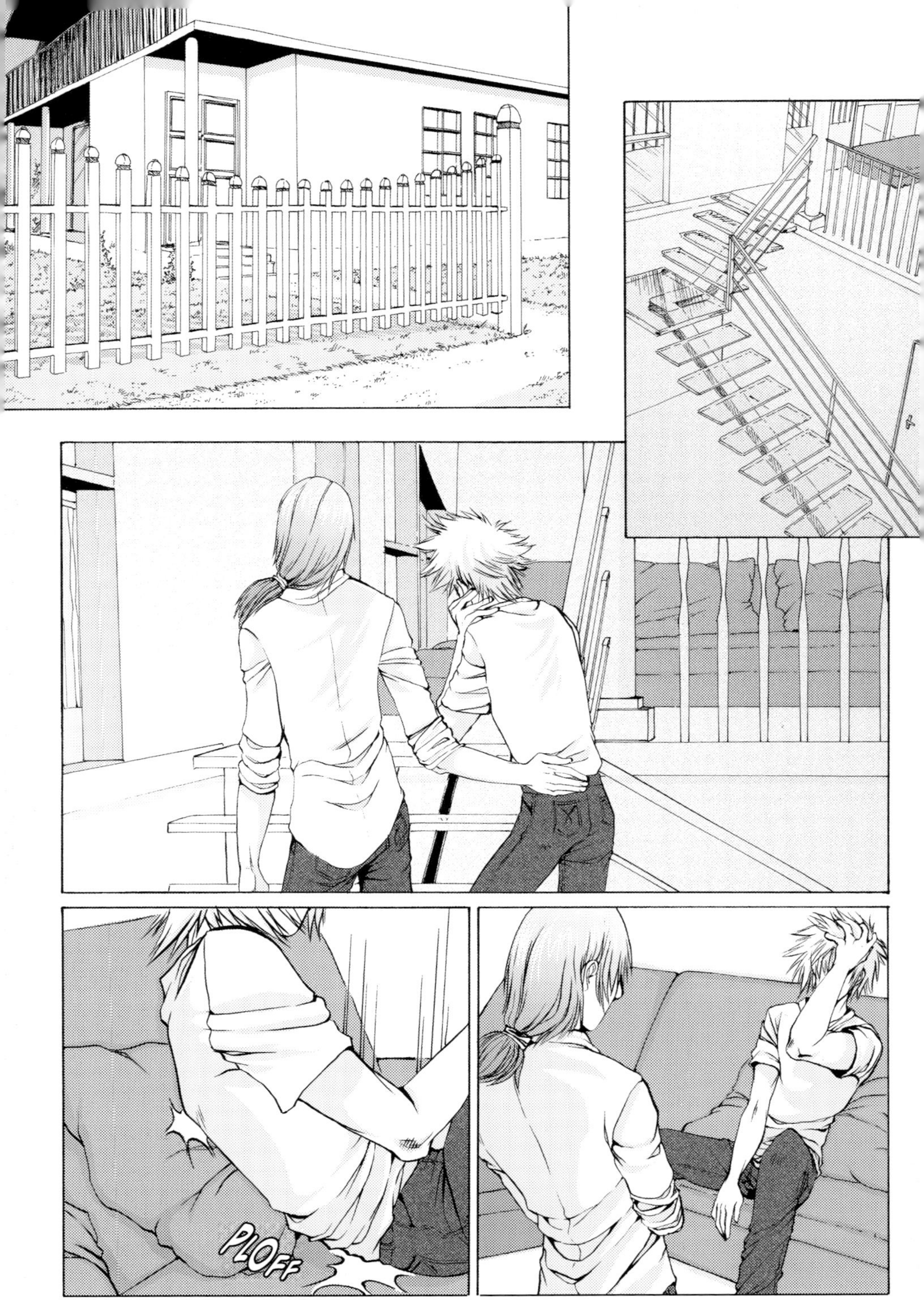
PLOFF

seufz
Du kannst bei mir bleiben.
KNURR
Okay, schon gut!

KNURR
Ich bin gleich wieder bei dir.

RUTSCH

BUMP

FAMILY
RESTAURANT
DO NOT CROSS
FIRE LINE

Ich hab hier was gefunden!
Der ist von meiner Großmutter...
Hm!
... weil Dad und ich nicht miteinander auskamen, war es zu Hause oft schwierig. Meine Großmutter hat mich eigentlich großgezogen...

Es ist das Einzige,
was mir von zu Hause
geblieben ist.
ZIEH

KRACK
Uhm...
... ich wollte nicht stören.

Was willst du dann hier?!
Und kannst du nicht anklopfen?
Ich hätte ja geklopft, aber du hast keine Tür mehr...
...
Jetzt mach schon den Mund auf! Hast du etwa meine Bude abgefackelt?

KNURR
Clive...
KNURR
Bist du alleine hier?

Andrew weiß nicht, dass ich hier bin. Ich wollte nur...
Was?!
Uhm... Matt hat neulich gesagt, dass das Schoßhündchen eine Abreibung verdient hätte.

SCHRECK
Seine Worte, nicht meine!
Wie bitte?!
Wer ist hier ein Schoßhündchen?!
Matt? Der Beta?
Ja.
Was hat Hale dazu gesagt?
Andrew war nicht dabei und er weiß auch noch nichts... hiervon.
Das wirft natürlich ein ganz anderes Licht auf die Sache.
Wie auch immer.
Danke für die Information.
KNURR
FLÜCHT

Was auch immer du sagen willst,
ich kläre diese Sache alleine!
Oder wir könn-
ten Hale aufsuchen,
zufällig weiß ich,
wo er arbeitet.
Vielleicht wäre es gut,
ihn darüber zu informieren,
dass seine Rudelmitglieder
Alleingänge unternehmen.
Das ist mir egal,
aber diesem Matt reiße
ich seinen pelzigen
Arsch auf!!

Kapitel 7

BURROUGHS
EASTSIDE INSURANCE
ONE WAY
50
Passt irgendwie nicht zu ihm, zu spät zu kommen.

TAPP
Hey!
WINE
BEER
WINE
BEER

ONE WAY
Du bist sieben Minuten zu spät!
Sorry, das Meeting mit den Sponsoren hat länger gedauert als erwartet.
Was soll's. Also wohin jetzt?
Wir müssen einmal quer durch die Stadt zum Nördlichen Viertel. Da werden ein paar neue Gebäude errichtet. Und dort finden wir auch Hale.

Na dann los!
ZUPF
Urm, es geht da lang.
MAIN ST
Das wusste ich.
STREICH

Ziemlich strenger Geruch, nicht wahr?
KNURR
Hale. Nicht mal der Gestank einer Großstadt könnte ihn überdecken.

Und wo finden wir den Kerl jetzt?
Hey, ihr da!
Was wollt ihr hier? Der Zutritt ist für Unbefugte streng verboten!
Eltern haften für ihre Kinder.
RANDOM 0815
WTF?
Ernst-haft?
SMIRK
Ey, habt ihr mir überhaupt zugehört?
Idiot!

ICH BIN EIN
RANDOM - 08/15 - STAHLTRÄGER
Zieh dir 'nen Helm an, du Arsch!
ALPHA
Ihr...
ICH BIN EIN
RANDOM - 08/15 - STAHLTRÄGER
WUSCH

Was wollt ihr Chihuahuas hier?
Pass mal auf, du Arsch...!!
GRAB
Wir wollten dich lediglich darüber in Kenntnis setzen, dass dein Rudel offensichtlich außer Kontrolle gerät. Vor allem dein Beta.

Wie bitte?!
Wollt ihr etwa meine Führungsqualitäten in Frage stellen?
Dein Beta hat meine Wohnung abgefackelt!
Welche Führungs-qualitäten?

Oder war das etwa deine Idee?
WUMM
Was kann ich dafür, wenn du zu blöd bist, den Herd abzuschalten?!
Ihr zwei seid auch nur glücklich, wenn ihr euch prügeln könnt.

Clive, nein!
Yves hat uns aufgesucht. Darum sind wir hier.
Verpisst euch von meiner Baustelle!
KLONK

Na, das lief ja blendend. Noch weitere schlaue Einfälle?
Er wird sich drum kümmern. Hale lässt nicht zu, dass seine Autorität untergraben wird.
Da glaub ich nicht dran!
Komm, wir sind hier fertig.

Heute Nacht, Östliches Areal!
(kommt pünktlich!)
Hab ich doch gesagt!
Fick dich!

Kapitel 8

nom
nom
Hey, sollte der Stahlträger nicht weg?!
KNARR
FLITZ
patt
patt

Als Alpha wird man geboren...
Aber ob man diese Position auslebt oder nicht, ist eine Entscheidungsfrage.

Es reicht nicht,
sein Rudel zu führen
und vor Feinden zu
beschützen.

ROARR

RUTSCH
TAP

ROARR

NICK
SHRRR

JAUL
WUMM

Manchmal muss ein Alpha sein Rudel vor seinen eigenen Wölfen beschützen.
BEISS
Keine Entscheidung kann schwerer sein als die, einem Bruder den Rücken zuzukehren ...

JAUL
ROARRR

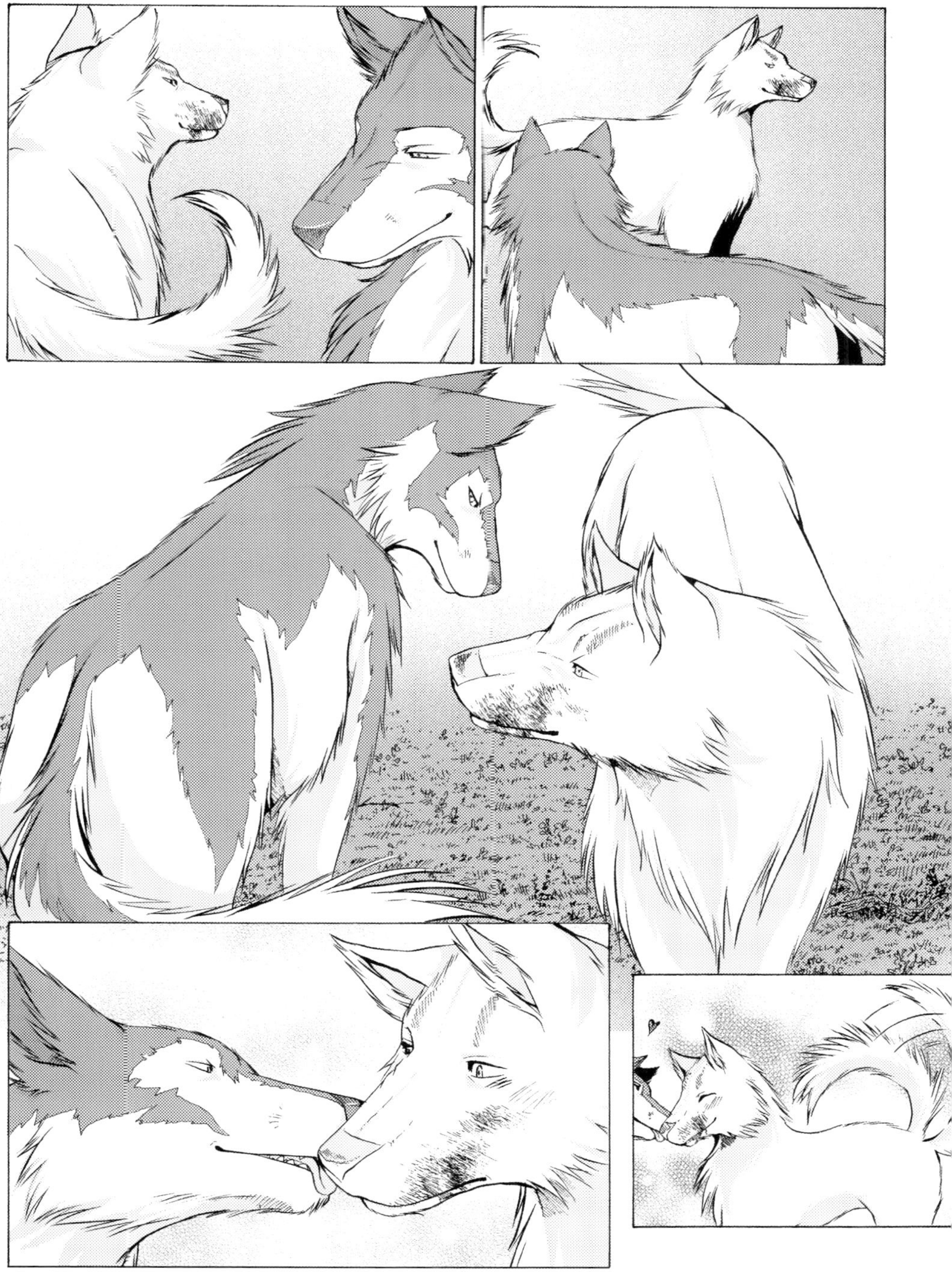

4x4
4x4

Hey!
Gib mir die Autoschlüssel, ich fahre!
Hast du überhaupt einen Lappen?!
Werden wir jetzt größenwahnsinnig?
Schnauze!

Rück den Schlüssel raus!
Hol ihn dir doch!
GRABSCH
GRABSCH

Wo ist der verdammte...
PATT
Also meinetwegen kannst du gerne da unten bleiben.

Das hättest du wohl gerne!
Und wie!
SCHMATZ
SCHMOLL

KLAPP
GRAB
Da fällt mir ein...
SCHUBS
Ich bin dran!
Dran womit?
Oh. Damit.
Ernsthaft jetzt? Nicht, dass ich mich beschweren würde...

Yep. Genau das!
RUTSCH
SNIF

ZIP

4x4

SEMPER FI
Meinetwegen könntest du gerne öfter andere Wölfe verdreschen.
Also? Wo ist der Autoschlüssel?
Steckt im Schloss.
Was?!
Was soll das heißen? Er steckt?!
Du hast mich reingelegt!
Gib es zu, das hast du doch geplant, um mich rumzukriegen!
4x4

Epilog

ch wohne jetzt auch hier... da sollte ich wohl in der Lage sein, auch ans Telefon zu gehen...
RING
RING
Mit wem sprichst du denn da?
Mit deiner Schwester.
GASP!

PLADDER
PLATSCH
PLADDER
So ein Deckswetter!
SCHÜTTEL
Hm?
TIPP
G. Adash

Schatz,
ich bin wieder da!
Krieg ich wenigstens 'nen Kuss? Uh, Kaffee!
grmpf
Ernsthaft jetzt?
Leck mich doch!
Nein, und der Kaffee ist nicht für dich.
Huh? Für wen denn sonst?
Oh!

Hi!
Was macht der denn schon wieder hier?
Hätte ich ihn denn wieder in den Regen schicken sollen? Sieh ihn dir mal an!
STRAHL
Dämlicher Omega... Die sind doch sowieso nur dazu da, uns zu manipulieren, das liegt denen in den Genen!
Ugh! Das ist hart!
Sag ich ja!
Ja, ja. Hör auf rumzumaulen!

Außerdem hat er uns etwas mitgebracht, also sei nett.
Mitgebracht?
GRAB
Er will uns einen Anteil des Reviers über-lassen?
So, ganz ohne ewigem Hin und Her und Prügelei?

Die Sache hat doch einen Haken, oder?
KICHER
Na ja, Haken würde ich das jetzt nicht unbedingt nennen.
Haken. Raus damit.
BLITZ
Ist nichts Schlimmes. Ich schwör's!

KRATZ
Andrew hätte halt gerne... na ja...
... dass ihr ein Auge auf das Rudel haltet, wenn er nicht da ist.
Soll das heißen, was ich denke?
Yep!
Wir sollen also für sein Rudel Babysitter spielen, während er am Strand liegt?
Na ja, Venedig. Aber ich verspreche euch, dass unser Rudel sehr pflegeleicht ist.

Wer's glaubt.
!!
Nein wirklich.
Am Arsch.
seufz
Okay.
FREU
Ist nicht dein Ernst!!
Ja, um des lieben Friedens Willen. Wir hatten wirklich genug Konflikte in den letzten Jahren. Außerdem ist es ein großer Schritt für Hale. Das abzulehnen wäre eine unvorstellbare Beleidigung.

UFFZ
Aber ich frage mich schon, wie Hale so plötzlich auf diese Idee gekommen ist.
Vielleicht hat es ihm ja ein Vögelchen eingeflüstert...
Was? Wie viel Uhr ist es überhaupt?!
Ve-ne-dig...
Haha!
HÜPF
Na, danke für den Kaffee! Ich muss dann mal schnell weiter!
BANG
Kam dir das jetzt auch komisch vor?
Der ist doch immer so.

LÄCHEL
Was?!
Ach nichts.
Aber ich muss sagen,
mir gefällt die Idee von
einem eigenen, festen
Revier...
TAP

... mit dir.
Huch?
Wenn du jetzt anfängst von wegen „lass uns ein Rudel gründen", dann ziehe ich heute noch aus!

STREICH
PACK
WUSCH

hah
Nein, keine Sorge.
Ich brauche kein
Rudel...

Außerdem will ich dich nicht mit so vielen Leuten teilen müssen.
...
Du bist so peinlich.
FLÜSTER
Ist mir egal.

Idiot.
SCHMIEG
Mmmh!
Ende

Trouble is a Friend

VENICE
ALPHA

Venedig hat 417 Brücken!
Uh-huh...
VENICE
Ob wir Zeit für eine Gondola-fahrt haben?
VENICE
Uh-huh.

Müde, huh?
VENICE
ALPHA
Wölfe sind nicht für Reisen in solchen Blechbüchsen gemacht.
[redacted]
[redacted]
[redacted]

Komm her.

Du sollst ja anständig bei deinem Termin aussehen.
So. Perfekt.
Danke.
Nach dem Kongress gibt es wahrscheinlich noch ein Abendessen. Also wird es wohl etwas später werden.
Ist okay! Viel Spaß!

Stell nichts Dummes an!
Ich doch nicht.
. . . .

klopf

Du wirst mir helfen!
Uhm, okay?
Wobei?
tropf
Erzähl ich dir später, zieh dich an!
ALPHA
Na fein...

Und wobei soll ich dir hel-fen? Wer bist du überhaupt?
Mein Name ist Caoimhe MacKenzie.
Mein Mann hat mir nach unserer Scheidung etwas sehr Wichtiges gestohlen, ohne das ich nicht nach Hause kann.
Und... wir werden jetzt was tun?

Du wirst es für mich holen!

Ich würde es ja selbst tun, aber ich komme da leider nicht rein.

Das ist...!!
... der Hauptsitz des lokalen Wolf-rudels und seines Vorstandes.
Vergiss es! Ich brech da nicht ein!
Bitte, du bist meine einzige Chance, um nach Hause zu kommen! Die werden mich sofort bemerken, wenn ich da reinmarschiere. Aber dich? Ein Wolf mehr oder weniger, was macht das schon? Du wirst gar nicht auffallen!

Was... soll ich für dich holen?
Das siehst du dann schon!
Wenn du fertig bist, treffen wir uns an dieser Adresse!
Sein Büro ist das Zimmer 205. Am besten nimmst du den seitlichen Treppenaufgang nach oben.

Worauf hab ich mich hier nur eingelassen?

Wow, die haben für's Catering ganz schön was springen lassen!
Unverschämtheit!
Hoffentlich haben sie es dieses Jahr mal an Sojamilch für den Latte gedacht!

Die Amis haben doch tatsächlich einen Menschen hergeschickt.
Skandalös!
Erklär mir noch mal, warum ich hier nieman-dem den Hals umdrehen darf.
E EXIT
BAR TO OPEN
schwups

Nicht gekommen, die halten sich raus.
Wo sind denn die Schweizer?

Zweite Etage...
2
FIRE EXIT

schleich

seufz

schnüff
schnüff
Was...?

Was machst du da?!
Der Kongress findet hier statt. Nichts hieran ist überraschend.
Erschreck mich doch nicht so! Was machst du überhaupt hier?

... also außer das da.
Ich kann das erklären?
Wirklich.
Psst! Komm her!

SEUFZ
So was kann auch nur dir passieren.
Und genau dafür liebst du mich!
Wollen wir mal nicht über-treiben.
Mist! Du musst den ablenken!

Mach uns nicht noch mehr Ärger! Wir treffen uns draußen!
Ja ja, ich kümmer mich drum.
Ich werde mein Bestes geben!
Ugh...

Entschuldigung!
Weiter geht's!

überhaupt nicht merkwürdig, oder so...

Was zur Hölle?!
Muss das so stinken?
Warum sollte sich ein Wolf sowas ins Büro stellen?!
Damit kann ich nicht durchs Gebäude laufen...

Tja...
Grauenhafte Idee, wirklich ganz fürchterlich...

Nicht dein Ernst?!
Sehen wir zu, dass wir dieses scheußliche Ding los werden.
Vergiss es!
Kannst du es mal tragen?

Hey!
Du hast es geschafft!
inhalier

Ich kann dir gar nicht sagen, wie dankbar ich dir bin!
Eh... ja, schon gut. Aber bitte fass mich nie wieder an!!

Uhm...

SPLASH
Das... kam unerwartet.

Ende

??
AB
IPLEX

Kassian, Quinn

*28. September – 33 Jahre – 189 cm

<3	</3
- Klassische Musik	- Lärm
- Lesen	- Konflikte
- Kochen	- Unordnung
- Sport	
- Ordnung	

Adney, Clive James

*15. Januar - 32 Jahre - 186 cm

<3	</3
- Lange und ausgedehnte Streifzüge - Gaming - Eishockey	- Regeln - Vorschriften - Andrew Hale - Fliegen

Hale, Andrew

*1. April – 37 Jahre – 190 cm

<3	</3
- Regeln - Eishockey - Workouts - Poker - Whiskey	- Grenzüberschreitungen - Clive Adney - Fliegen

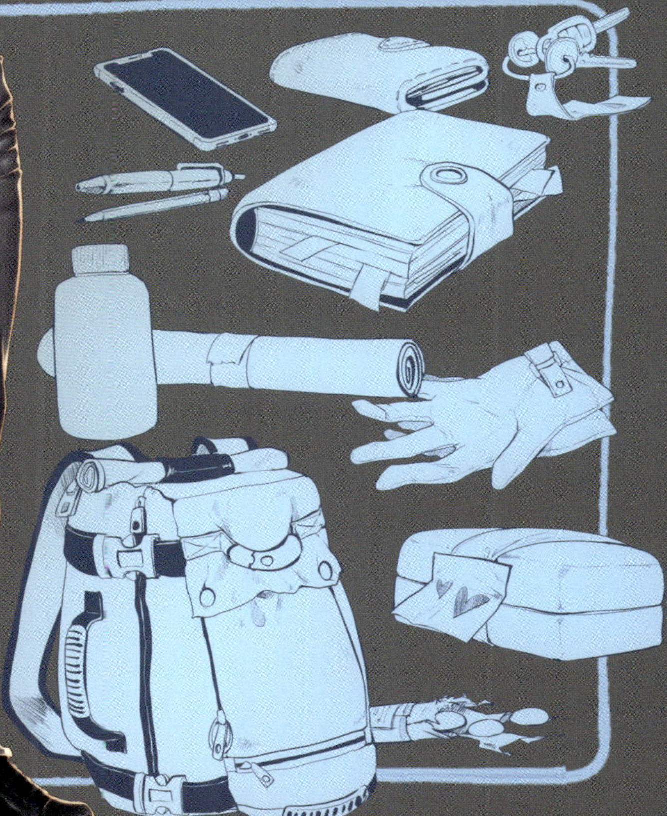

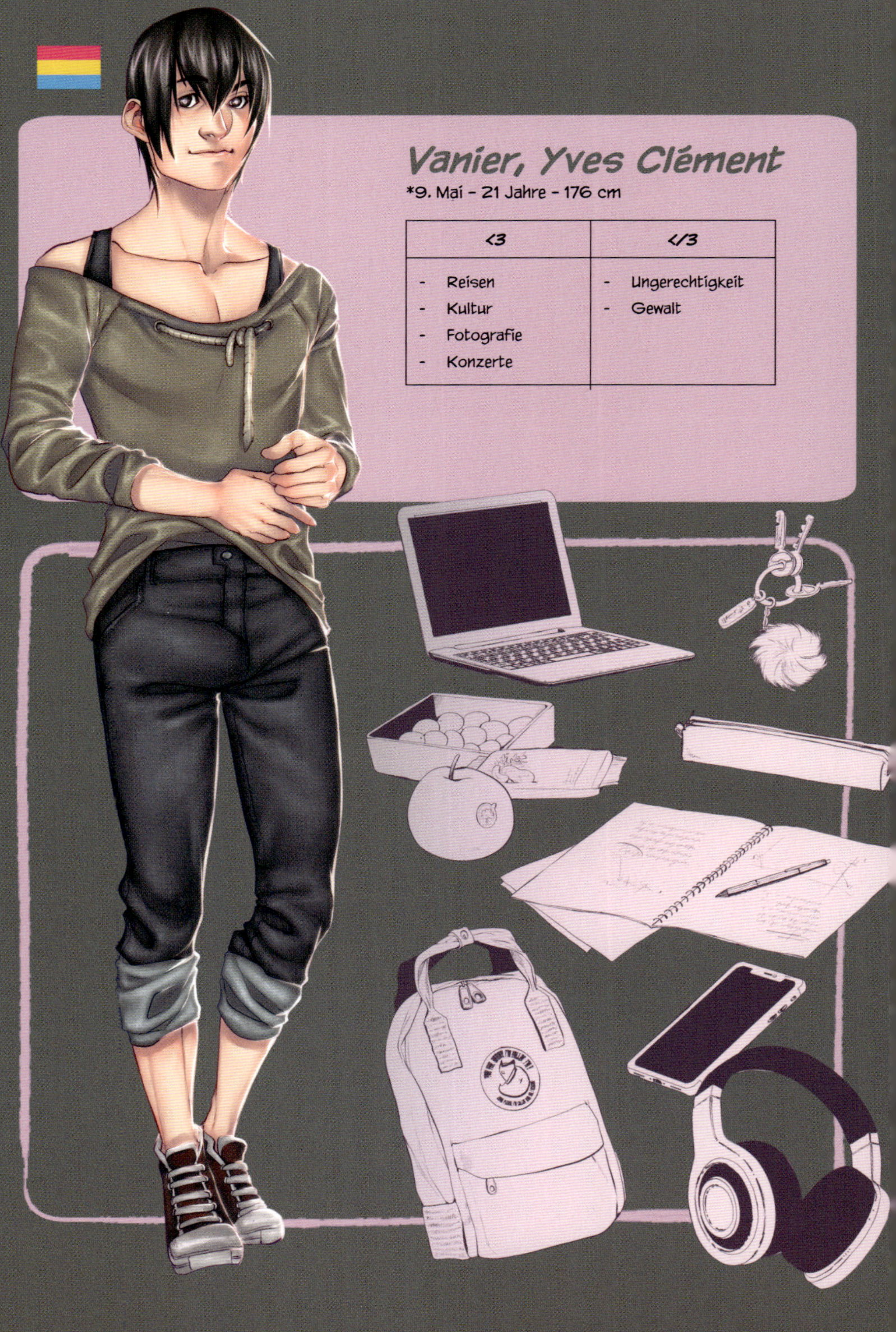

Vanier, Yves Clément

*9. Mai – 21 Jahre – 176 cm

<3	</3
- Reisen	- Ungerechtigkeit
- Kultur	- Gewalt
- Fotografie	
- Konzerte